Carl Hauptmann

Drei Frauen

Leseklassiker

Carl Hauptmann

Drei Frauen

ISBN/EAN: 9783955631277

Auflage: 1

Erscheinungsjahr: 2013

Erscheinungsort: Bremen, Deutschland

Leseklassiker

CARL HAUPTMANN

DREI FRAUEN

MCMXX
BANAS & DETTE
HANNOVER

DAS RÄTSEL
UM REBEKKA FUMFAHR

Fumfahr & Co. war ein altes Seidenhaus,
im ganzen Schweizerlande berühmt.
Die alten Fumfahrs hatten allerlei Reich-
tümer. Einen großen Hof oben in den
letzten Bergtälern, der Alm nahe. Ein
ganz neu erbautes Schloß am Genfer
See. In blaubesonnte Täler blickend. Und
jenseits in die blaßblauen Riffe von Fels
und Luft und Schnee. Unten weit lagen
die zitternden Spiegelungen, von ver-
streichenden Boot- und Dampferspuren
ewig durchzeichnet.
Aber die alten Fumfahrs waren tot.
Das alte Seidenhaus lebte noch. Es hatte
einen anderen Inhaber. Der große Hof
oben in den letzten Bergtälern der Alm
lebte noch, von Weidevieh umbrüllt, von

einem alten Schäfer bewacht. Und das
Schloß am See stand, die hohen Fenster
verhangen.

Von den Fumfahrs lebte nur noch Rebekka Fumfahr, die ein schönes Mädchen war. Und die jetzt im Schutze einer
pflegenden Schwester Tag und Jahr zu-
brachte.

Schwester Lotte war eine blonde Ka-
pitänstochter. Mit einem immer un-
entschlossenen, immer prüfenden und
fragenden Munde. Aber mit grauen
Augen, die wie ein Pfeil in die Dinge
schossen. Und alles erkannten bis in den
letzten Winkel.

Rebekka Fumfahr hatte erst an Schwester
Lotte einen leidenschaftlichen Halt ge-

funden wegen der tiefen Kraft und Mild-
tätigkeit dieſer Augen. Weil darin auch
das Wunder lebte, das den gejagten
Menſchen tröſtet.
Aber ich muß erſt erzählen, wie ich zu
meiner Wiſſenſchaft überhaupt gekom-
men bin.
Ich hatte auf meiner Wanderſtraße eine
Weile vor den Gitterſtäben mit den ver-
goldeten Spitzen geſtanden, hatte das
verhangene Schloß angeſehen und den
Namen Fumfahr auf dem großen meſſingnen Torſchilde geleſen. Als ein Mädchen mit einem langen Zweige Marſchal-Niel-Roſen in der bräunlichen
Hand aus einem kleinen Häuschen her-
auskam, das wie ein Winzerhaus in der

letzten, unterſten Ecke des Parkes lag.
Das Mädchen war achtlos auf ein nie-
deres Glashaus zugelaufen, war am
Glashausrande über eine lange Brett-
latte tänzelnd balanziert. Und ich ſah,
daß es ein braunblondes Mädchen mit
einem jugendlichen Leibe und mit un-
ſteten, ſuchenden Augen war.
Rebekka Fumfahr war ein ſchönes Mädchen. Trotz ihrer faſt ſechsundzwanzig
Jahre nicht einmal von reifer, nein, noch
immer von ganz unſchuldiger Jugend.
Das Rätſelhafte an ihr hatte ich ſofort er-
kannt. Die Art, wie ſie hinſchritt. Wie
von den Weglinien geführt, ganz mitten.
Den Zweig Marſchal-Niel-Roſen wie
kindlich anbetend vor ſich. Lachend ohne

Sinn. Lange, rosigbraune Gesichtszüge.
Von Urzeit her, wie von einer Parze.
Aber blütenjung. Im Umblick plötzlich
scheuer. Und doch auch belustigt. Und
richtig erstaunt, daß sie irgendwo vor ein
Gitter kam. Weil sie die Welt immer weit
und offen träumte.
Das Mädchen achtete meiner gar nicht.
Es war Frühling im Lande. Frühling am
Genfer See. Wer ermißt diesen grenzen-
losen Paradiesgarten. Die Fülle Blüten-
sträucher und Blütenbäume. Die Tulpen-
bäume und den schüchtern blühenden
Lorbeer.
Aber Rebekka Fumfahr ging nicht in
Seide. Sie war wie ein Landmädchen,
schlicht. Nur daß sie nicht abgelassen

hatte, [ich zu ihrem weißgeblümten,
um den Hals freien Kattunkleid einen
mächtigen Schäferhut nachläffig auf den
großen Kopf zu drücken, [o daß der kirfch-
rote, lange Schleier hinter ihr drein wehte.
Wunderlicherweife ahnte ich gleich eine
ganze, unheimliche Gefchichte.
Aus dem Winzerhäuschen lief bald da-
nach eine Schwefter in fchneeweißer Pfle-
gerinnentracht. Die rief nach Rebekka.
Und wie [ie mich am Tore [tehen ge-
[ehen, glaubte [ie, daß ich Einlaß begehrte, und kam heran.
Ich nahm gleich die günftige Lage wahr,
meine Ahnungen aufzuhellen.
„Oh … ich begreife ganz … ja ja … ich
berge hier ein [elt[ames, phanta[ti[ches

Geheimnis," sagte die Schwester beim Nahekommen. Und ganz, als wenn sie mir meine Künstlerleidenschaft für Menschenschicksale von den Augen ab-gelesen, sagte sie weiter, „hier lebt die einzige Erbin der Fumfahrs…die einzige Erbin des großen Reichtums!"
Sie hatte mich dabei freundlich in den Park eintreten lassen, und wie sie mit mir auf dem hellen Kieswege zwischen Blumenrabatten hinschritt, orientierte sie mich nun mit ihrem sicheren und immer beschäftigten Dumpfton, ganz nur, als wenn sie in mir einen Seelenarzt sähe, und als wenn sie mir einen strengen Bericht schuldig wäre.
„Das wunderbarste, phantastischste Kind,"

ſagte ſie, „denn ſie iſt noch immer ein Kind . . . und wird noch ein Kind ſein, wenn ſie eine graue Mutter iſt!"
Und ſie fuhr dann fort zu erzählen.
„Viele Gaffer bleiben am Tore ſtehen … aber nur ſelten ein Menſch, den das Geheimnis anzieht … und der fähig iſt, es zu begreifen … ja … das Schloß der Fumfahrs iſt verhangen … wir beide wohnen in dem kleinen, weißen Winzerhauſe."
„Wie Sie nur das Eigentümliche meiner Neugier ſofort ſo gütig durchſchaut haben, Schweſter," ſagte ich. „Ein Künſtler, wie ich bin … ich habe freilich das Rätſelhafte dieses herrlichen Frühlingsgartens und dieſes verhangenen Schloſſes empfunden … und ich wünſchte ſofort

mit Leidenschaft, mehr von dem Schicksal zu wissen, das hier waltet."
Aber die Schwester achtete auf meine
Verbindlichkeit wenig.
„Rebekka würde Tag und Nacht weinen,
wenn ich nicht in ihrer Nähe wäre," er-
zählte sie weiter. „Meine stumme An-
wesenheit ist das Sesam ... damit tut sie
sich jetzt den Berg der Erlösung auf!"
Der Blick aus ihren grauen, hellen Augen
traf mich jetzt wie Weisheit und Ruhe, so
daß ich nur aufmerksam zuhörte.
„Sie sprachen vom Schicksal, das hier waltet," sagte die Schwester. „Ja ... es ist der
seltsamste Widerspruch in der Welt... Rebekka ging mit sechzehn Jahren, ein fröh-
lich entwickeltes Mädchen, zum ersten

Male zufällig allein durch die Straßen
der Stadt, sah ein anderes Mädchen, das
sie verlockte ... geriet in ein Freuden-
haus ... und war acht Tage lang nicht
mehr zu finden!"
„Huh ...!" sagte ich."
„Es ist wirklich so," sagte die Schwester.
„Und wie fand man sie?" sagte ich.
Äußerlich ein wenig verlottert ... aber
nicht einmal mit einer Anwandlung von
Scham... nur kindlich lächelnd...wahr-
haft lieblich ... ein Mädchen, an das
der andere Mensch nie herankann ...
so im eigenen Wesen verborgen!"
„Aber ich bitte Sie, Schwester ... solch
ein Mysterium... hat sich nie ein Mann
um die Liebe Rebekkas bemüht?"

„Viele … bei ihrem Reichtum … immer
wieder … aber keiner konnte sie zu sich
bringen!"
„Wieso?" sagte ich.
„Ja … wieso!" sagte die Schwester, in Er-
innerung vor sich hinblickend. „Sie hatte
gleichsam nur den einen sonderbaren
Trieb, die Straße des Lebens fortzuwan-
dern, ohne je zurückzusehen … so ist sie
einmal heimlich entkommen und durch
ganz Oberitalien fortgewandert … sich
kindlich mitleidig und willig den Bitten
der Lahmen und Krüppel und Strolche
am Straßenrande ergebend."
Ich war entsetzt und erschüttert.
„Man hatte sie monatelang vergebens
gesucht … bis sie eines Sommernach-

mittags sich wieder in die alte Weinlaube im Vorstadtgarten der Fumsahrs eingefunden, eine völlig abgerissene und abgemagerte, von der Sonnenbräune fast unkenntlich gemachte Bettlerin … sie hatte sich einfach an dem Vespertisch niedergelassen, wo die beiden vom Leide gebeugten Alten ihren Nachmittagstee zu trinken gewohnt waren … damals brachte man sie freilich ins Irrenhaus!" sagte die Schwester.

„Ins Irrenhaus … ja … Rebekka mußte ins Irrenhaus … die einzige Tochter dieser berühmten, reichen Fumsahrs!" sagte ich.

„Aber im Irrenhaus war sie so sanft und geduldig … und so ergeben, wie vor den

Lahmen und Strolchen am Wege . . .
sie war noch immer unschuldig wie ein
Kind . . . sie verlangt gar nichts, wenn der
Weg rund ist . . . und immer nur wieder
in sich läuft wie der Kreis . . . und niemand
von ihrer Seele etwas erbittet . . . weil sie
nur Hingabe ist und immer gewähren
muß . . . so lebt sie noch heute!" sagte die
Schwester.

„Sehen Sie es nicht zu gütig an . . . dieses
Schicksal!" sagte ich zur Schwester.

„Oh . . .", sagte die Schwester mit fast
hartem, sicheren Blicke. „Ich sage die
eherne Wahrheit . . . ich beschreibe die
unschuldige Seele . . . ihre Seele ist rein
wie Schnee . . . nur ganz Liebe und Hingabe . . . ich bin dieser Seele Hüterin . . .

ich muß sie vor den irdischen Gefahren
hüten, die sie nicht kennt ... denn sie ist
eine wie vom Himmel gefallene Frau ...
es ist das Schicksal Rebekkas, daß ihre
Seele ganz unschuldig bleiben muß auf
der schuldvollen Erde ... daß ihre Seele
keine Sünde kennt ... daß Rebekka in
ihre Unschuld eingehüllt ist wie in einen
undurchdringlichen Panzer!"
Und die Schwester nahm von ihrem
Busen ein Blättchen Papier und zeigte
mir einen Vers von Rebekka.

„Ich stand am Grabe von Vater und
    Mutter ...
und war sehnsüchtig und voll Fragen.
Da lief ein Kind vorbei, das eine

Gießkanne voll Waſſer trug.

Gib mir das Waſſer aus deiner Gießkanne! bat ich.

Und dann goß ich die immer grünen
Blätter und die blauen Frühlings-
blumen.

Goß weiße Narziſſen und Himmels-
ſchlüſſel, die ich eben aufs Grab
gelegt.

Goß das neue Frühlingsgrab.

Und indem ich den Toten wohltat,
fühlte ich mich ihrem Hauche nahe.

Und indem ich für ſie geſchäftig war,
deuchte es mir,

als lebten die Geliebten unter den
erfriſchten Blättern und Blumen

mit erfriſchten Seelen!“

Wie wir noch ſtanden, kam Rebekka
achtloſen Schrittes heran, lächelte ins
Unbeſtimmte wie ein Schalk, ſah mich
lange fragend an, nannte die Schweſter
zärtlich mit dem Namen Lotte, ſtreichelte
mit dem Marſchal-Niel-Roſenzweige
ihr Geſicht. Streichelte mir mit dem
Zweige wie verſtohlen über das Haar,
lachte kindlich und ging weiter.
„Sie iſt die heilige Unſchuld!“ ſagte die
Schweſter, indem ſie ſich anſchickte, dem
lieblichen Mädchen ſogleich ſchweigend
hinterdreinzuſchreiten. Und nickte mir
nur noch einen Abſchiedsgruß zu.
Dann bin ich auch weitergewandert,
den Stein der Unſchuld im Herzen mit
mir tragend.

DIE LEGENDE VON SLAVINA

Slavina war an einem Tage im Oktober
geboren. Und hatte den darauffolgen-
den harten Winter und alle Wetterlagen
des Lebens fernerhin gut überstanden.
Sie war wie aus Kraft und Üppigkeit
modelliert.
Frau Buntfutter, deren älteste Tochter sie
war, lebte als Frau eines Malers. Trachtete
das Leben lang immer nach ganz un-
bestimmten Dingen. Und alles, was sie
begriff, war nie das, was sie eigentlich
begehrte.
Aber vielleicht war Slavina und blieb
Slavina für Vater und Mutter doch das
ersehnte Ereignis.
Elias Buntfutter malte Landschaften und
Porträts. Recht und schlecht. Über-

raſchungen waren da nicht zu holen.
Er ſah die Welt aus einem baumlangen,
ſchwerlaſtenden Körper an. Auch ſeine
Hände waren maſſiv. Und ſein Kopf
ging mit dem breiten Nacken zuſam-
men. So daß ſeine Drehungen faul
waren. Und auch ſeine großen, törich-
ten Augen faul im Kopfe ſtanden.
Da ging Land und Leben nur ohne
Zittern und Flimmern ein. Liebloſe,
harte, gemeine Dinge, die auf jeder
Straße billig und nichtig verſtreut ſind.
Bis er mit einer größeren Erbſchaft in der
Nähe einer großen Induſtrieſtadt ein
mitten im Lande hochragendes altes
Ritterſchloß, das ſeit dreißig Jahren leer-
ſtand, billig hatte kaufen können.

In Elvershöh war da keine Fürstenherr-
lichkeit mehr.

Herr Buntfutter war der späte Sohn eines
uraltgewordenen Landpastors. Und
auch Frau Buntfutter hatte nur eine
kurze Ahnenreihe.

Sie war die Tochter eines Bürgermeisters
in einer Landstadt gewesen, als sie der
junge Buntfutter heiratete. Aber beide
hatten eine gute Bildung. So daß auch
ihre vier Töchter in Bildung aufwuchsen.
Aber Slavina, die Älteste, war und blieb
doch für Mutter und Vater das eigent-
liche Ereignis.

Slavina trug den Kopf leicht zur Seite
genommen, schritt mit Kraft, lachte oben-
hin. Und hatte schon mit vierzehn Jahren

zu den höchsten Geschäften berufen ge-
schienen. Sie wußte schon damals aus
dem Leben zu greifen, was ein irrender
Sinn aus den Lüften fängt oder aus
einem stürzenden Bachwasser mit der
Hand schöpfen kann.
Die anderen drei Töchter, die scheu und
keusch heranwuchsen, galten den Eltern
als unbegabt.
Wenn man (wie sagt man heute?) den
siderischen Pendel hätte über dem hohen
Ritterschloß, darin die Buntfutters hau-
sten, hin und herschwingen lassen, würde
man schon in dieser Zeit bemerkt haben,
daß weder von dem baumlangen, sich
träge bewegenden Malersmann, noch
von der wie eine Ranke im Winde

unbeſtimmt in alle Lüfte greifenden
Frau Buntfutter noch irgendeine Kraft
ausging. Und daß die drei anderen
Mädchen um Slavina nur lächelnde,
liebende Statiſten in dieſem Myſterium
waren.

Damals ſchon ragte das alte Ritterſchloß wie eine einzige, einſame, weit
ſichtbare Blüte im weiten Lande, weil
Slavina dort wohnte.

Ins Schloß kamen bald viele junge
Männer und Frauen.

Das Schloß war jetzt mit allerhand alten
und neuen Bürgermöbeln vollgestellt.
Nur da und dort noch ſtand ein Stück
mit irgendeinem unbekannten Wappen-
zeichen.

Aber Slavina ging darin. War wie aus
Kraft und Üppigkeit modelliert.
Sie war bald eine Jungfrau.
Sie schien jetzt Sehnsüchte zu tragen
wie Sulamith. Sie sang ihr Verlangen
schon in selbstgemachten Versen aus,
wie die flüggen Mädchen der Ukraine.
Sie griff auch wie sie zur Laute.
Sie las schon den lateinischen Tacitus. Sie
las auch schon den griechischen Homer.
Und wenn sie von ihrer Gelehrsamkeit
aufsprang, schien sie schön und ent-
schlossen. Hatte Laune, in die losesten
Tanzschleier hineinzuschlüpfen. Und
tanzte zu ihrem eigenen, psalmodie-
renden Gesange vor aller Blicken, wie
aus Kraft und Üppigkeit modelliert.

Man ſaß dann um den alten Kamin im
Ritterſaale, wo über den meſſingnen
Feuerſtangen das gewaltige Wappen
derer von … irgendeines alten Fürſten-
geſchlechtes, in Stein gehauen prunkte.
Man wußte dann nicht, daß dieſe Tän-
zerin eine von den vier Haustöchtern war.
Man dachte an eine junge, ſchmach-
tende ägyptiſche Frau, die nach Män-
nern ſchreit. Oder gar an ein fremdes,
wunderliches Vogeltier, das geheimnis-
voll aus einer fernen Wildnis fremde
Erregungen und Glut in Vater und
Mutter, in Schweſtern und Freunden
ſchürte.
Und wenn Slavina dabei ihren ſtahl-
harten, geſchmeidigen Körper wand,

schien eine schöne, buntschillernde
Schlange sich manchem wie durch die
Finger zu winden. Und das Lachen aus
Slavinas feuchtem, weichem Munde
klang nicht wie Mädchenlachen, sondern
wie ein seltsam gezwungener, wider-
strebender, neuer Ton.
Aber Slavina war doch ein Mädchen.
Niemand anderes.
Nur wäre Picassos Harlekin da nicht
buntschillernd genug bemalt gewesen.
Denn Slavina schrieb auch Artikel, als
wäre sie selber ein gewiegter Historiker.
Und Slavina sprach fünf lebende Sprachen, Griechisch und Latein nicht mit-
gerechnet. Und wenn sie ihre Tanzschleier wieder achtlos fortgeworfen,

diskutierte sie mit dem ersten besten Gelehrten in der Gesellschaft scheinbar leidenschaftlich über die goldene Latinität.

Slavina war ein Ding, daran alle tausend Triebe der Menschenseele zum Staunen aufgeschossen waren. Wie die üppigen Triebe einer Kartoffel, die schon im Keller nach allen Richtungen hin Keime wirft.

Slavina war einfach ein Wunder.

Und je länger Elvershöh so mitten im weiten Lande ragte, desto mehr wurden der Maler Buntfutter und die immer suchende und nie findende Frau mit den drei anderen, lieblichen, keuschen Töchtern vergessen. Und man sah im

weiten Lande diese alte Ritterfeste nur
noch wie das Prunkgehäuse für Slavina
an, darin die junge, wie aus Kraft und
Üppigkeit modellierte Frau in veledi-
schen Schleiern brünstige Tänze vor der
Göttin der Weisheit und Schönheit
tanzte.

Allmählich hatten sich auch die drei
Schwestern Slavinas in die Weite verloren. Zuerst scheu und schüchtern jede
mit einem lebensvollen jungen Manne
in eine Heckenlaube im Burggarten.
Dann ganz hinaus in irgendeine be-
hagliche Lebensstellung.

Eines Tages, wie Slavina erst vierund-
zwanzig Jahre alt war, verloren sich auch
Herr und Frau Buntfutter. Man trug sie

innerhalb weniger Tage unter der Ritter-
burg in das verfallene fürstliche Erb-
begräbnis.

Und wenn jetzt Männer kamen, lag
Homer in Urschrift aufgeschlagen auf
Slavinas mächtigem Arbeitstische. Dar-
auf durchs Bogenfenster wie in einer
gotischen Kirche Licht schien. Eine alte
Handschrift des Tacitus lag aufgeschlagen daneben. Und auch die Veden mit
ihren altindischen Zauberzeichen. Denn
Slavina hatte sogar Sanskrit gelernt.
Und sie nahm wieder die Laute. Sang
ihre Sehnsuchtslieder. Und ihr Tanz
wand sich in den Augen der Freunde,
wie Schlangen sich winden.
Aber niemand erkannte mehr, wo in

Slavina der Funke glimmte, daran sich
die schlichte Liebesgemeinschaft ent-
zündet.

*   *   *

Nie hat je ein Mann Slavina aus Elvershöh als Geliebte, in seinen Arm ge-
henkelt. herausgeführt.
Slavina ist nie aus dem alten Burgtore
herausgetragen worden wie eine Tote,
bleich und schön im Sarge liegend.
Slavina ist auch nicht ausgefahren wie
eine heiße Lohe, von der gar die ganze
alte Burg sich entfachte und verbrannte.
Über dem Mädchen Slavina sind lang-
sam alle Trümmer alter Weisheiten und
neuer Gaukelkünste zusammengestürzt
und haben sie erstickt und begraben.

MADEMOISELLE KUTINELLI

Die Familie des Barons Goldap faß in
dem gewölbten Eßzimmer. Und Lucie
Kutinelli, die französische Erzieherin,
goß der Baronin eine reiche Goldtasse
voll Tee.

Die Fenster in dem Park standen offen.
Und draußen kreischten im vergilbten
Baumlaub junge Häher.

Die drei Kinder, zwei Mädchen von
zehn und ein Knabe von zwölf Jahren,
schlanke, fürstliche Kinder, plauderten
leise untereinander.

Das baltische Schloß Auerhof lag nahe
am Meere. Der Park war eine weite
Bodenfläche von beinahe fünfhundert
Morgen. Und vom Altan des Ankleide-
zimmers der etwa dreißigjährigen Baro-

nin sah man hinter freien Wiesen und
hohen, herbstlich verfärbten Eichengrup-
pen den silbernen Meeresstreif.
Baronin Goldap war an diesem Tage
beschwert und kleinlaut. Wie sie ins
Zimmer kam, hatte man es ihr ansehen
können, daß sie heimlich geweint hatte.
Obwohl sie jetzt eine hohe Miene trug,
als Mademoiselle und der befrackte
Hofmeister sie bedienten.
Es war weiche Wärme in den Herbst-
lüften.
Aber es war auch Aufruhr im Lande.
Denn die Bauern wurden von den
Edelleuten geknechtet. Und der Haß
der Bauern war wieder einmal nahe
daran, jach aufzubrennen.

Baron Goldap war ein schlanker, eleganter Edelmann. Das Monokel kam selbst in der Kirche, sozusagen vor Gottes Throne, nicht mehr aus seinem frischen Auge.

Der Baron war in die Gouvernementsstadt gefahren, weil die gärende Unruhe der Bauern den weiten, freiherrlichen Besitzungen schon bedenklich nahe auf den Leib rückte.

Der Sommer hatte Mißernten gebracht. Und in manchen Distrikten herrschte unter den Bauern Hungersnot.

Alles das ahnte die junge Baronin Goldap nur sehr von ferne. Oder sie verstand ihre heimlichen Ängste mit ruhigem Stolze zu maskieren. Und verbreitete sich über eine gleichgültige

Handarbeit, die ſie im Schoße hielt.
Während ſie ihren Tee eintrank.
Auch die Kinder lachten untereinander.
Sie erzählten ſich leiſe ein wenig an-
zügliche Geſchichten. Und ſahen nach-
einander in das heilige Geſicht der
Mademoiſelle Kutinelli, die den Blick
mahnend und ſanft erwiderte.
Aber Mademoiſelle Kutinelli wußte an
dieſem Tage heimlich noch weniger,
was in ihr vorging?
Mademoiſelle Kutinelli ſtammte aus
dem Waadtland. Eine Tochter kleiner
Handwerksleute. Ein Mädchen mit pech-
ſchwarzem, ſtreng geſcheitelten Haar.
Und mit einer Madonnenruhe. Ein
Geſicht, das von Anbeginn in heiliger

Schwermut schien. Ein wenig länglich.
Und der Körper jugendlich kräftig. Und
geschmeidig und edel. Und nie wäre in
ihr etwas zu spüren gewesen, als wenn
wilde Feuer in ihr lebten.
Die Baronskinder hingen an ihr.
Mehr als an Vater und Mutter.
Denn der Baron war ein unstäter, ge-
nießender Mann.
Und die Baronin Goldap war sprunghaft
in Liebe und Zorn. Und trug für die Kinder immer eine Bedrohung mit sich.
Nur Mademoiselle Kutinelli war immer
sanft und gelassen. Immer gerecht und
gütig. Und der Ausdruck einer heiligen
Frau, voll eines alten Leides, schwebte
um ihre jungen, hohen Mienen.

Nie war in ihr anderes zu spüren.

Selbst Baronin Goldap, die schon einmal auch hochmütig losbrechen und
sehr spitzig gegen das französische Fräu-
lein schelten konnte, das schließlich doch
eine Angestellte blieb und von ihrer
Gnade leben mußte, sah heimlich an
Mademoiselle Kutinelli auf.

Und der jagd- und weinlustige Baron
versuchte sogar, Mademoiselle Kutinelli
oft zu necken. Und hätte sie sicherlich
angebetet, wenn nicht in ihr die seltsame,
stählerne Abkehr gelebt und etwas Ab-
stoßendes bei jeder freieren Berührung
in dem Blicke des Mädchens aufge-
leuchtet.

Und heute kreischten draußen noch

immer die jungen Häher. Und bunte
Weinranken wankten taſtend ins Fenſter.
Und die Luft war nur von dem fernen
Meerwogen ewig erfüllt, weil der Herbſt-
wind vom Meere her ſtand.
Aber dann kamen bald Diener.
Eilig.
Zwei dicht hintereinander.
Mit verſtörten Geſichtern.
Und ein wenig ohne den rechten Rückhalt.
So daß Frau Baronin plötzlich bläſſer
geworden. Und die Kinder erſchreckt
zur Mutter ſahen.
Dann kam der Verwalter und poſtierte
vier Knechte an der Tür, die ſtumm wie
Pagoden aufrecht ſtanden.
So daß Frau Baronin plötzlich aufſchrie.

Und die Kinder, ebenso plötzlich leichen-
blaß geworden, sich um die Mutter
drängten.

Da sah die junge Baronin Goldap in die
funkelnden Augen von Mademoiselle
Kutinelli hinein. Und sah, daß in deren
Blicken jetzt auch kein Halt zu finden war.
Aber Mademoiselle Kutinelli sah noch
immer sanft aus wie eine junge Heilige.
Sie hatte mit tiefer Ruhe die Erzählungen
des Verwalters angehört.

Sie hatte es gleichsam geschmeckt, daß
ein Heer von verhungerten Bauern mit
Sensen und Äxten im Anzuge war. Und
daß eines der Adelsschlösser der Nach-
barschaft wie ein Feuermeer in die Herbst-
lüfte brannte.

„Au nom de tout, sauvez vite vos petits
chéris, madame la baronne!" sagte Mademoiselle Kutinelli so ruhig, als wenn sie
ganz von dem Anblick des brennenden
Schlosses zur Salzsäule erstarrt wäre.

Und riß nur dabei drei volle Purpur-
rosen ganz rücksichtslos aus dem Strauße
heraus, den der Schloßgärtner für die
Baronin vor kurzem erst auf den Vespertisch gestellt hatte. Und achtete gar nicht,
daß ein Strahl Wasser sich aus der fallen-
den Vase über den Tisch ergoß und die
anderen Rosen der Herrin einfach zu
Füßen fielen.

Sie war nur krampfhaft bemüht, sich die
drei purpurnen Rosen an ihrer Brust
sicher zu befestigen.

„Faites atteler tout de suite, madame la baronne … ce château va brûler de même!" stieß sie dabei fast haftig heraus. Aber sie ordnete auch wieder ganz sanft und ruhig an, daß die besten Pferde die Familie in dem großen Familienwagen zur nächsten Bahnstation bringen sollten, die viele Meilen entfernt war. Die plötzlich völlig verängstigten Kinder und die halb gelähmte, junge Herrenfrau ließen alles mit sich geschehen. Aber ehe noch der alte Familienwagen mit dem ungarischen Viererzuge vor das Schloßportal fuhr, kam das furchtbare Bauerngeschrei ganz nahe.

Kam ein Trappeln und Poltern, ein Praffeln und Brechen und Schüttern,

Fluchen und Lachen und Gellen, Zetern und Hohngeschrei, als wenn ein Meer von Haſſern und Rächern ſich über Park und Schloß plötzlich ergöſſe.

Und die gelähmte, junge Baronin empfand ſich plötzlich ganz allein in gejagter Flucht durch den großen Ahnen-ſaal, darein eine Schar gieriger Weiber und Männer mit geſchwungenen Äxten und höhniſchem Gejohl einbrachen.

Die Kinder waren irgendwo ſchon ins Freie entkommen. Der älteſte Sohn ſtand ſchon, als Geiſel der Bauern gefeſſelt, mit ſtolz erhobenem Auge im Hofe, von rauhen Händen umklammert.

Sonſt nur Schreien und Aufruhr.

Und die junge Baronin ſah mit ihrem

verzerrten Geſicht im gehetzten Vor-
überfliehen noch Mademoiſelle Kutinelli
mit drei roten Roſen an der Bruſt ge-
ſchmückt eine mächtige Petroleumkanne
irgendwo über koſtbare Prunkmöbel
ausſchütten und mit ihrer rechten Hand
die Brandfackel darüber ſchwingen, die
ſie eben einem Bauern entriſſen hatte:
wie eine Heilige über hundert gierigen
Menſchengeſichtern in Rauch und Flam-
men ſtehend.

Mademoiſelle Kutinelli hatte ein un-
verſöhnliches, hartes Demokratenherz.

*   *   *

Das Schloß Auerhof iſt damals ver-
brannt.

Der junge Baron ist nach vielen Ängsten
den Seinen wieder ausgeliefert worden.
Noch ehe man den Bauernaufruhr
ganz im Lande gedämpft hatte. Es war
ihm viel Schmach angetan. Bis in den
Lebenskern. Er blieb immer ein einge-
schüchterter Mensch.
Der Familie sonst ist wie durch ein Wunder keinerlei Gewalttat am Leibe geschehen. Sie lebte dann nicht mehr auf
dem Auerhof, sondern meist ganz im
Auslande.
Mademoiselle Kutinelli wurde in einem
ziemlich zerfressenen, grauen Sträflings-
kittel in einem kaiserlichen Bleibergwerk
unterirdisch beschäftigt.
Wie eine dunkle Heilige schritt sie auch da.

Jetzt ist sie längst an Bleivergiftung ge-
storben.

Die entblätterte junge Baronin Goldap
hatte sich ebenso unversöhnlich an ihr
gerächt.